14 Avril 1882.

P

COLLECTION

LÉOPOLD FLAMENG

TABLEAUX ANCIENS

Paris. — IMPRIMERIE DE L'ART, J. Rouam, imprimeur-éditeur,

41, rue de la Victoire, 41.

CATALOGUE

DES

TABLEAUX

ANCIENS

COMPOSANT LA

Collection de M. LÉOPOLD FLAMENG

ET DONT LA VENTE AURA LIEU

HOTEL DROUOT, SALLE N° 8

Le Vendredi 14 Avril 1882

A DEUX HEURES ET DEMIE

COMMISSAIRE-PRISEUR

Me PAUL CHEVALLIER, Succ[r] de M[e] CH. PILLET

10, rue de la Grange-Batelière.

Expert : M. CH. GEORGE, 12, rue Laffitte.

EXPOSITIONS

PARTICULIÈRE	PUBLIQUE
Le Mercredi 12 Avril 1882.	*Le Jeudi 13 Avril 1882.*

De une heure à cinq heures.

CONDITIONS DE LA VENTE

Elle sera faite au comptant.

Les acquéreurs payeront *cinq pour cent* en sus des enchères.

Paris. — IMPRIMERIE DE L'ART, J. Rouam, imprimeur-éditeur,
41, rue de la Victoire.

DÉSIGNATION

AST (Balthasar van der)

1 — *Fleurs.*

Vase de fleurs, coquillage et sauterelle sur une table de marbre.

Signé : *B. V. Ast.*

Bois. Haut., 34 cent.; larg., 23 cent.

BACKHUYSEN (Ludolff)

2 — *Marine.*

Diverses embarcations sur une mer houleuse : un canot monté par plusieurs personnes et conduit par quatre rameurs, un bateau de pêche, un vaisseau de haut bord.

A l'horizon, l'entrée d'un port.

De gros nuages montent dans le ciel.

Bois. Haut., 48 cent.; larg., 73 cent.

BEGA (Cornelis)

3 — *Tabagie.*

Un jeune homme assis sur une chaise de paille, accoudé sur le dossier, regarde tendrement la cabaretière qui lui présente une cruche de bière. En face de lui, assis sur un banc, un villageois tient une pipe et un réchaud en terre rouge. Trois autres personnages complètent la composition.

Tableau de belle qualité.

Bois. Haut., 40 cent.; larg., 35 cent.

BERCHEM (Nicolas)

4 — *Plusieurs pieds de chèvres.*

Étude marouflée.

Haut., 19 cent.; larg., 22 cent.

BILCOQ (Marc-Antoine)

5 — *Intérieur rustique.*

Une fermière, en robe rouge décolletée, est assise par terre dans une chambre basse et prend des œufs dans un panier. Elle regarde un petit garçon qui se verse à boire dans une tasse.

Bois. Haut., 16 cent.; larg., 22 cent.

BONINGTON (Richard-Parkes)

6 — *La Vieille Gouvernante de Bonington.*

Représentée à mi-corps, de face, coiffée d'une cornette blanche, vêtue d'une robe foncée ouverte sur un fichu de toile, elle tient un grand livre ouvert et a ses besicles dans la main droite.

Cette superbe peinture provient de la « collection de tableaux et dessins au lavis peints par Bonington » formée par M. Webb et vendue en 1837.

Gravé dans la *Gazette des Beaux-Arts.*

Toile. Haut., 75 cent.; larg., 88 cent.

BONINGTON (Richard-Parkes)

7 — *L'Assassinat.*

Plusieurs personnages groupés autour d'un homme renversé sur le sol.

Esquisse.

Haut., 24 cent.; larg., 20 cent.

BONINGTON (Richard-Parkes)

8 — *Paysage.*

Un villageois conduit un chariot attelé de trois chevaux sur un chemin, au bord de la mer.

Toile. Haut., 23 cent.; larg., 34 cent.

BONINGTON (Richard-Parkes)

9 — *Sur les hauteurs de Sèvres.*

Au second plan, des vaches pâturent dans une prairie baignée par la Seine.

Haut., 22 cent.; larg., 31 cent.

BOTH (Attribué à Jan)

10 — *Paysage, site italien.*

Campagne accidentée et boisée. — Un pâtre surveille des chèvres au pied d'un bouquet d'arbres. Plus loin un chariot traîné par des bœufs et, sur le versant d'un monticule, plusieurs villageois conduisant des ânes.

Bois. Haut., 43 cent.; larg., 56 cent.

BOUCHER (François)

11 — *La Musique.*

Une jeune fille, jouant de la flûte, et deux Amours, dont l'un agite un tambour de basque, personnifient la Musique.

Jolie esquisse.

Haut., 25 cent.; larg., 34 cent.

BOURDON (Sébastien)

12 — *Portrait d'homme.*

En buste, de trois quarts, cheveux bruns, moustache naissante. Pourpoint noir.

Toile. Haut., 60 cent.; larg., 48 cent.

BRAUWER (Adriaan)

13 — *La Dispute au cabaret.*

Deux joueurs se lèvent furieux, l'un armé d'un couteau, l'autre s'apprêtant à dégaîner un poignard. On s'efforce de les séparer.

Six figures.

Bois. Haut., 22 cent.; larg., 18 cent.

BREKELENKAMP (Quiryn Van)

14 — *La Servante hollandaise.*

Debout au milieu d'un cellier, elle écure une bassine de cuivre posée sur un tonneau.

Des plats d'étain, une bassinoire, une marmite en terre rouge, un baquet, et d'autres ustensiles sont épars sur le sol.

Toile. Haut., 64 cent.; larg., 80 cent.

CHARLET (Nicolas-Toussaint)

15 — *Les Bohémiens.*

Vigoureuse esquisse, peinte de verve.

Haut., 23 cent.; larg., 56 cent.

CORRÈGE (Antonio-Allegri, dit le)

16 — *Tête d'ange.*

Peinture à l'essence sur canevas.
Étude pour les fresques de Parme.

Haut., 50 cent.; larg., 38 cent.

CRAESBEECK (Josse Van)

17 — *Le Compteur d'écus.*

Un avare, coiffé d'un feutre noir, vient d'ouvrir une cassette et contemple avec satisfaction les pièces de monnaie qu'elle renferme.
Figure en buste.

Bois. Haut., 22 cent.; larg., 16 cent.

CROZIER

18 — *Les Laveuses.*

Gouache.

CUYP (Attribué à Aelbert)

19 — *Les Bords de la Meuse.*

A gauche, un pâtre surveille trois vaches dans un petit pré, au pied d'une tour en ruines tapissée de plantes grimpantes.

Trois hommes traversent le fleuve dans un canot conduit par un rameur. Des bateaux à voiles sont espacés de distance en distance. Des villages, au loin, bordent les deux rives.

Signé à gauche.

Bois. Haut., 40 cent.; larg., 51 cent.

DAVID (Jacques-Louis)

20 — *Portrait de Barnave.*

En buste, presque de face, cheveux poudrés, les bras croisés sur la poitrine, revêtu d'un habit gris boutonné jusqu'au cou.

Ce beau portrait est signé : *David 1793.*

C'est le 29 novembre de cette année que Barnave a été exécuté; il était âgé de trente-deux ans.

Toile ovale. Haut., 73 cent.; larg., 59 cent.

DE MARNE (Jean-Louis)

21 — *Une Plage.*

Les pêcheurs font la vente du poisson, au bord de la mer. Une barque s'éloigne.

Ciel nuageux grisâtre, très fin et très léger.

Bois. Haut., 15 cent.; larg., 23 cent.

DROUAIS père (Hubert)

22 — *Portrait de Mme de Graffigny.*

En buste, presque de face, bonnet et tour de cou en dentelle, robe de soie marron garnie de plissés et de passementeries d'or.

Toile. Haut., 52 cent.; larg., 43 cent.

DUPLESSIS-BERTAUX

23 — *Scène de brigandage.*

Aquarelle.

ÉCOLE ITALIENNE

XVe SIÈCLE

24 — *La Vierge et deux Saints.*

Assise sur un trône, Marie tient sur ses genoux l'Enfant Jésus qui a dans la main un chardonneret. A gauche, saint Sébastien. A droite, saint Roch.

Au pied de la Vierge, un personnage en prières.

En bas du tableau est un cartouche sur lequel se trouve le nom de l'auteur, en partie effacé.

Bois. Haut., 1 m. 40 cent.; larg., 1 m. 28 cent.

EVERDINGEN (ALDERT VAN)

25 — *Paysage de Norwège.*

Site montueux et sauvage coupé par une rivière qui forme cascade au premier plan. A droite, parmi les rochers, un bouquet de sapins.

Ciel chargé de nuages gris.

Bois. Haut., 49 cent.; larg., 73 cent.

FABRITIUS

26 — *Les Peseurs d'or.*

Une vieille dame hollandaise, vêtue de noir, est occupée à peser des pièces d'or, tandis qu'un homme, en robe de chambre bordée de fourrure, penché sur son pupitre, est en train de passer des écritures.

Bois. Haut., 29 cent.; larg., 22 cent.

FRAGONARD (Honoré)

27 — *Renaud dans les jardins d'Armide.*

Au milieu d'un essaim d'Amours et de Nymphes jouant de divers instruments, Armide apparaît aux regards charmés du héros guidé par les Grâces dans les charmilles des Jardins enchantés.

Toutes les séduisantes qualités de l'inimitable Frago, la verve impétueuse de la brosse, le charme exquis de l'effet, la grâce et la souplesse de la forme, se trouvent réunies dans cette étonnante et admirable composition, d'une haute importance dans l'œuvre du maître.

Toile. Haut., 71 cent.; larg., 90 cent.

GÉRICAULT (Théodore)

28 — *Une Bataille.*

Combat entre des cavaliers.
Esquisse.

Haut., 42 cent.; larg., 59 cent.

GIGOUX (Jean)

29 — *Atelier d'artiste.*

L'artiste est assis devant une table chargée de livres. Derrière lui, un poêle en faïence. Aux murs, des gravures, des tableaux, des plâtres.

Esquisse.

Haut., 32 cent.; larg., 24 cent.

GIORDANO (Luca)

30 — *Vénus et l'Amour.*

Flore et Zéphyre.

Ces deux tableaux, formant pendants, proviennent de la collection du prince Paul Galitzin.

Toile. Haut., 1 m. 25 cent.; larg., 99 cent.

GOYEN (Jan van)

31 — *La Fête au village.*

Les campagnards sont assemblés autour d'un mai planté à l'entrée du village.

A gauche, sur un chemin qui longe la clôture en planches d'un petit bois, des voyageurs entassés dans un char à bancs se rendent à la fête.

Excellent tableau du grand paysagiste hollandais.

Bois forme ovale. Haut., 36 cent.; larg., 49 cent.

GUARDI (Francesco)

32 — *Vue de Venise.*

A droite, sur le quai, un homme, enveloppé d'un manteau, descend les marches d'un perron. Plus loin deux hommes sont assis au bord de l'eau, auprès d'une station de gondoliers établie contre une digue décorée de statues.

Toile. Haut., 19 cent.; larg., 27 cent.

GUIDO RENI

33 — *Sainte Catherine.*

Toile ovale. Haut., 48 cent.; larg., 34 cent.

HAKAART (Jan)

34 — *L'Embuscade.*

Des brigands embusqués dans un fourré, au pied de grands arbres, attaquent des voyageurs dans un carrosse escorté de cavaliers qui ripostent à coups de fusil.

Production remarquable, dans un parfait état de conservation et signée ainsi, en bas, à droite :

J. Hakaart.

Toile. Haut., 80 cent.: larg., 1 m. 2 cent.

HONDECOETER (Melchior de)

35 — *Gibier et Fruits.*

Un dindon suspendu par les pattes, deux lièvres, deux perdrix, divers petits oiseaux, un couteau, une courge, des abricots et du raisin sont déposés sur le sol, devant une manne pleine de choux et de fruits et en partie recouverte par un linge de toile.

Beau et important tableau signé à droite en toutes lettres.

Toile. Haut., 1 m. 34 cent.; larg., 1 m. 5 cent.

HUYSMANS DE MALINES (Cornelis)

36 — *Marche de troupes.*

Dans un pays accidenté, des cavaliers et des fantassins suivent une grande route, bordée à gauche par un monticule sablonneux, vivement éclairé.

Œuvre remarquable par la franchise de la facture et la puissance du coloris.

Toile. Haut., 52 cent.; larg., 76 cent.

JARDIN (Karel du)

37 — *Paysage et Animaux.*

En premier plan, une paysanne assise sur une mule chargée de paniers pleins de légumes. Un peu plus loin, un pâtre fait abreuver ses moutons au bord d'une rivière, sous l'arche d'un pont adossé à d'énormes rochers couronnés de ruines.

Toile. Haut., 77 cent.; larg., 58 cent.

JARDIN (Karel du)

38 — *Le Jeu de la Morra.*

Au pied d'un mausolée en granit, devant une table où l'on voit une fiasque et un pain rond, deux Bohémiens, dont l'un porte une cuirasse et un manteau rouge, et un adolescent qui est assis sur un mur, se livrent au jeu de la Morra. Une servante leur apporte un plat de viande.

Très beau tableau, catalogué dans Smith, tome V, page 257, n° 76.

Toile. Haut., 72 cent.; larg., 78 cent.

JORDAENS (Jacob)

39 — *Les Quatre Évangélistes.*

« Saint Jean, vêtu de blanc et les mains croisées sur la poitrine, saint Mathieu, tenant un livre et une plume, saint Marc et saint Luc, sont debout et en méditation devant une table sur laquelle est un livre ouvert appuyé contre d'autres volumes. »

Composition gravée par Guttemberg dans le Musée français et en manière noire par John Dean en 1776. Répétition originale du tableau du Louvre. D'Argenville cite un troisième tableau des Quatre Pères de l'Église, placé aux Augustins de Liège. Celui-ci provient de la collection de Lord Hardwicke.

Toile. Haut., 1 m. 31 cent.; larg., 1 m. 12 cent.

LACROIX

40 — *Port de mer.*

Toile. Haut., 15 cent.; larg., 24 cent.

LANCRET (Nicolas)

41 — *Réunion galante.*

Dans la partie retirée d'un parc, à l'ombre des grands arbres, une jeune femme vêtue en satin blanc est nonchalamment couchée sur un tertre. Un jeune homme, caché dans la verdure, lui adresse un doux propos.

Trois jeunes filles et un joueur de musette sont assis auprès d'un piédestal décoré de sculptures.

Plus en avant, deux couples étendus sur l'herbe devisent joyeusement ensemble.

Composition des plus gracieuses et d'un pinceau délicat et soigné.

Collection de lady Stuart.

Toile. Haut., 30 cent.; larg., 41 cent.

LANTARA (Simon-Mathurin)

42 — *Tempête en mer.*

La foudre sillonne les nues et on aperçoit au loin plusieurs vaisseaux battus par la tempête. A gauche, se dressent d'énormes rochers, au pied desquels l'artiste a tracé sa signature.

Bois. Haut., 32 cent.; larg., 41 cent.

LAVREINCE

43 — *Le Roman dangereux.*

3000—

Dans un coquet boudoir Louis XVI, une jeune femme, étendue sur un canapé, a laissé glisser à terre un volume dont la lecture semble l'avoir plongée dans une enivrante rêverie.

Tableau gravé.

Bois. Haut., 29 cent.; larg., 22 cent.

LE MOYNE (François)

44 — *Hercule et Omphale.*

Omphale à demi nue, enveloppée dans la peau du lion de Némée, la massue sous le bras, se penche amoureusement sur le héros qui tient le fuseau et la quenouille; à droite, l'Amour. Fond de paysage.

Répétition du tableau de la galerie La Caze.

Composition gravée par Laurent Cars.

Toile. Haut., 1 m. 16 cent.; larg., 1 m. 9 cent.

LINGELBACH (Jan)

45 — *Port de mer.*

Un seigneur et sa dame sont en promenade sur un quai; deux portefaix chargent un ballot sur un traîneau attelé d'un cheval blanc; à droite, groupe de mariniers au repos.

Signé à droite, sur une malle : *J. Lingelbach.*

Bois. Haut., 34 cent.; larg., 45 cent.

MAAS (Dirk)

46 — *Retour de chasse.*

Les chasseurs sont arrêtés dans la cour d'honneur devant la façade du château. Deux cavaliers, un seigneur et une dame qui vient de descendre de sa haquenée, examinent un cerf étendu sur le sol. A droite, un valet conduit deux chevaux à l'écurie.

Au loin, des cavaliers, des piqueurs et la meute.

Agréable composition, d'un coloris brillant.

Toile. Haut., 65 cent.; larg., 78 cent.

MICHAU (Théobald)

47 — *Paysage.*

Une route s'enfonce dans un bois; au premier plan, chemine un villageois précédé d'un chien.

Petit tableau peint dans le sentiment de Teniers.

Bois. Haut., 26 cent.; larg., 41 cent.

MICHEL (Georges)

48 — *Temps de pluie.*

Un chemin contourne des cabanes sur la lisière d'un bois.

Belle et énergique étude.

Haut., 43 cent.; larg., 64 cent.

MICHEL (Georges)

49 — *Paysage.*

Une route, creusée d'ornières, sépare deux monticules entre lesquels on aperçoit une vaste plaine qui se perd à l'horizon.

Des nuages gris envahissent le ciel.

Œuvre extrêmement remarquable pour la finesse de la coloration.

Haut., 59 cent.; larg., 80 cent.

MICHEL (Georges)

50 — *Temps d'orage.*

Cabane au bord d'une route.

Étude.

Haut., 21 cent.; larg., 30 cent.

MIERIS (Willem van)

51 — *La Musique.*

Blonde, la tête ceinte d'une couronne de laurier, vêtue d'une robe de satin bleu constellée d'étoiles d'or, la Muse est assise dans un riant paysage et accoudée sur un rocher où sont déposés divers instruments de musique.

Ce précieux petit panneau, d'une extrême finesse de pinceau et d'un rendu merveilleux, est dans le plus parfait état de conservation.

Signé en toutes lettres et daté 1694

Bois. Haut., 27 cent.; larg., 22 cent.

MIGNON (Abraham)

52 — *Fleurs.*

Des fleurs de toutes sortes, roses, tulipes, anémones, dahlias, volubilis, fuchsias, tournesols, forment un splendide bouquet dans un vase de cristal, posé sur une console de marbre.

Œuvre capitale et d'une exécution parfaite.

Signé en toutes lettres.

Toile. Haut., 97 cent.; larg., 75 cent.

MINO DA FIESOLE

53 — *La Vierge et l'Enfant Jésus.*

Bas-relief en marbre blanc, de forme ronde.

Diam., 42 cent.

MOLENAER (JAN-MIENSE)

54 — *Intérieur flamand.*

Autour d'une table basse, dans un rayon de soleil qui descend obliquement d'une petite fenêtre, quatre villageois sont assis et se livrent aux charmes de la pipe et de la bière. L'un d'eux en veste rouge, coiffé d'un feutre conique, lit la gazette.

Derrière ce groupe, un homme debout enveloppé d'un manteau fume sa pipe, tranquillement adossé contre une poutre. Un cinquième personnage est vu de dos.

A terre, un baquet sens dessus dessous, une bassine de cuivre, diverses poteries.

Au fond de la pièce, deux hommes se chauffent sous le manteau de la cheminée.

Bois. Haut., 48 cent.; larg., 63 cent.

MOMMERS (Henri)

55 — *Halte de cavaliers.*

Ils sont arrêtés devant une auberge sur la lisière d'un bois. L'un, montant un cheval blanc, tend la main pour prendre le verre que le cabaretier est occupé à remplir. Un autre, sur un cheval alezan, remonte ses bottes; un troisième a quitté sa monture pour rattacher ses éperons; un petit garçon tient son cheval par la bride.

Signé sur un tronc d'arbre, à gauche, en bas.

Toile. Haut., 90 cent.; larg., 1 m. 24 cent.

MOUCHERON (Frédéric)

56 — *L'Arrivée au château*

Un gentilhomme salue une dame qui descend un escalier pour le recevoir. Un page tient son cheval par la bride. Un autre seigneur fait caracoler son cheval autour du bassin d'une fontaine monumentale. Le parc s'étend au loin.

Toile. Haut., 78 cent.; larg., 64 cent.

NETSCHER (Constantin)

57 — *Portrait d'une dame hollandaise.*

Vue à mi-jambes, dans un parc, en toilette de soie foncée, accoudée sur un mur de marbre.

Bois. Haut., 38 cent.; larg., 29 cent.

OSTADE (Adriaan van)

58 — *Tête de villageois.*

Presque de profil, la tête nue et penchée en avant. Cheveux bruns, moustache naissante.

Signé des initiales.

Toile. Haut., 13 cent.; larg., 12 cent.

OSTADE (Adriaan van)

59 — *Intérieur hollandais.*

Assis sur un escabeau, levant son verre plein, un homme se tourne vers une jeune mère donnant les mains à son marmot qui commence à se tenir debout. Un vieux semble la complimenter. Un fumeur est assis sur un banc auprès d'une vieille femme; deux autres personnes se chauffent à la cheminée.

Petit tableau d'un coloris transparent et harmonieux.

Signé à droite et daté 1659.

Collection Cottreau.

Bois. Haut., 23 cent.; larg., 20 cent.

OUDRY (Jean-Baptiste)

60 — *Chasse au sanglier.*

Un solitaire au débouché d'un bois est assailli par la meute; deux chiens sont renversés.

Toile. Haut., 48 cent.; larg., 62 cent.

PALAMEDES (Stevers)

61 — *Réunion galante.*

Huit personnages, dames et seigneurs, portant les élégants costumes du règne de Louis XIII, sont réunis dans une vaste pièce, auprès d'un grand lit à rideaux violets et d'une table recouverte d'un tapis rouge.

A gauche, un chien couché sur le parquet.

Beau tableau de l'auteur.

Bois. Haut., 39 cent.; larg., 53 cent.

POURBUS le Jeune (Fr.)

62 — *Portrait de Louis XIII enfant.*

Il est âgé d'une huitaine d'années, vu en pied, de grandeur naturelle, en robe de satin gris bordée de galons d'or. Il a un oiseau dans la main gauche et tient de la droite un chapeau orné de plumes fixées par un médaillon représentant Henri IV, de profil, la tête ceinte d'une couronne de laurier.

Collection de lord Hardwicke.

Bois. Haut., 91 cent.; larg., 63 cent.

POURBUS (Fr.)

63 — *Portrait de Suzanne de Montgommery.*

En buste, robe tailladée, collerette en guipure, collier de perles. On lit au bas :

Susanne de Momgommery.

Forme ronde. Diam., 12 cent.

PRUD'HON (Pierre)

64 — *Patrocle demandant les armes d'Achille.*

Très belle esquisse.

Haut., 27 cent.; larg., 34 cent.

ROQUEPLAN (Camille)

65 — *Repos sous bois.*

Esquisse.

Haut., 28 cent.; larg., 22 cent.

RUISDAEL (Jacob van)

66 — *Le Passage du gué.*

Un berger fait passer la rivière à son troupeau de moutons. Des massifs de verdure et des grands arbres bordent les rives, se reflétant dans l'eau. Des nuées montent dans l'atmosphère.

Remarquable spécimen du grand paysagiste, d'une facture large et d'un effet très puissant.

Bois. Haut., 24 cent.; larg., 30 cent.

SCHALCKEN (Godfried)

67 — *Portrait d'homme.*

Représenté presque de profil, coiffé d'une toque noire qui projette de l'ombre sur une partie du visage, il a la main droite appuyée sur le rebord d'une fenêtre.

Bois. Haut., 63 cent.; larg., 54 cent.

SNYDERS (François)

68 — *Fruits et Animaux.*

Un beau perroquet rouge, perché sur une pastèque, tient dans son bec une branche d'abricot, dont un singe veut s'emparer. Des pommes, des pêches, une botte d'asperges, un melon entr'ouvert, sont pêle-mêle sur la table, recouverte d'un tapis rouge.

Collection George Downing Bowles.

Toile. Haut., 82 cent.; larg., 64 cent.

SOOLMAKER (J.-F.)

69 — *Pâturage.*

Dans un site montagneux, auprès d'une fontaine, des pâtres sont arrêtés avec leur troupeau. Une femme trait une chèvre; un homme place des paniers sur le bât d'un âne. Ciel lumineux.

Excellent tableau de l'auteur, d'une coloration chaude et ambrée et d'une exécution spirituelle qui rappellent les œuvres de Berchem.

Bois. Haut., 40 cent.; larg., 53 cent.

STEEN (Jan)

70 — *L'Opération douloureuse.*

Le chirurgien, coiffé d'un bonnet rouge garni de fourrure, fait une incision à l'omoplate du patient qui hurle de douleur, assis dans un fauteuil en bois. Une grosse commère, les bras croisés, appuyée sur le dossier du fauteuil, et un homme qui fume sa pipe, assistent impassiblement à cette opération.

Aux murs de la pièce sont accrochés divers instruments de chirurgie et une mandoline. Sur une tablette sont rangés des fioles et des bocaux. Un petit crocodile et des œufs d'autruche sont suspendus au plafond.

Collection Patrick Anderson.

Bois. Haut., 24 cent.; larg., 19 cent.

STEENWYCK (Henri van)

71 — *Intérieur d'église gothique.*

A droite, une dame faisant l'aumône à une pauvresse; à gauche, un groupe composé d'un seigneur et de trois dames

Au fond, dans une chapelle, un prêtre officie à l'autel.

Les figures sont dues au pinceau de F. Franck.

Bois. Haut., 25 cent.; larg., 23 cent.

STREEK (Juriaan van)

72 — *Fruits.*

Pêches et raisins sur une table recouverte d'un tapis de velours rouge.

Toile. Haut., 29 cent.; larg., 41 cent.

TAUNAY (Nicolas-Antoine)

73 — *La Lecture de la gazette.*

Un homme lit les nouvelles aux paysans groupés autour de lui, auprès d'une ferme. A droite, une jeune fille monte sur un âne; trois travailleurs armés de fléaux s'en vont aux champs. Un rayon de soleil illumine le premier plan.

Haut., 22 cent.; larg., 34 cent.

TENIERS LE JEUNE (DAVID)

74 — *Les Moissonneurs.*

Quatre paysans, au retour des champs, sont arrêtés sur une route au pied d'un arbre ébranché.

A gauche, un berger fait paître ses moutons et deux hommes sont occupés à lier des petites meules de blé.

Les maisonnettes d'un village occupent tout le second plan; au centre se dresse la flèche élancée du clocher de l'église.

Charmant petit tableau, d'un coloris blond et d'une exécution très délicate.

Signé à droite en toutes lettres.

Bois. Haut., 28 cent.; larg., 37 cent.

TIEPOLO (GIAMBATTISTA)

75 — *Les Pulcinellas.*

Une foule de polichinelles, presque tous vêtus de blanc, sont groupés dans les postures les plus comiques, le long d'un mur, au pied d'une montagne.

Toile. Haut., 30 cent.; larg., 55 cent.

ULFT (Jacob van der)

76 — *Architecture et Figures.*

Une foule de figurines, cavaliers, villageois, portefaix se meuvent sur une route que bordent plusieurs édifices : un palais à colonnes, un arc de triomphe, et un temple circulaire.

Charmant tableau de l'artiste, portant sa signature sur le piédestal d'une colonne.

Bois. Haut., 27 cent.; larg., 34 cent.

VESTIER (Antoine)

77 — *Portrait de jeune femme.*

A mi-jambes, presque de face, les cheveux défaits tombant sur les épaules, elle est assise dans un fauteuil, accoudée du bras gauche sur une table de toilette garnie de dentelle, et tenant de la main droite un livre posé sur ses genoux et dont elle vient d'interrompre la lecture.

Elle est vêtue d'un mantelet à manches larges bordées de guipure, d'un corsage à nœuds rayés de rose et d'une jupe en satin bleu.

Sur la toilette, quelques fleurs, des boites en laque et un flacon de cristal.

Toile. Haut., 1 m. 30 cent.; larg., 98 cent.

Cette vente a produit la somme de frs 70073.—

RED. :

16

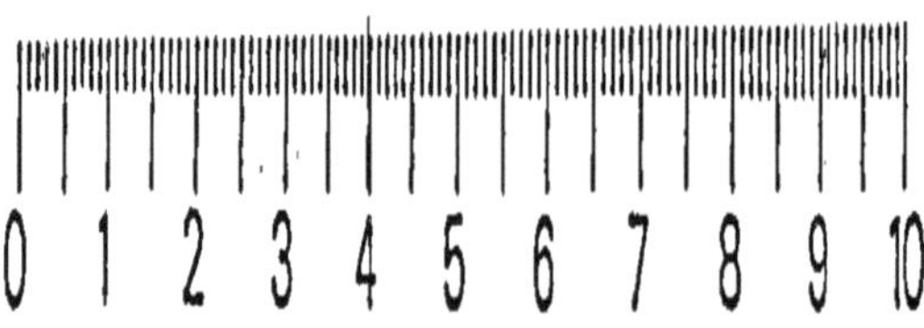
0 1 2 3 4 5 6 7 8 9 10

www.ingramcontent.com/pod-product-compliance
Ingram Content Group UK Ltd.
Pitfield, Milton Keynes, MK11 3LW, UK
UKHW022151170726
13837UKWH00004B/1916